U0626096

差别诗丛

吻过月亮

紫石 著

中国青年出版社

摄影／单小虎

紫石 本名田玥，祖籍陕西西安。高中时期开始写诗，作品散见于网络及多家诗歌刊物。毕业于北京广播学院播音主持专业，曾任世界大学生和平大使。供职于某中央新闻单位，从事过记者、主持人、大型活动策划、品牌营销等工作。

内部已千差万别

——"差别诗丛"6位诗人的精神地景

◎ 霍俊明

我喜欢来自于一代人内部的差异性。

王原君、杨碧薇、老刀、白木、泽婴、紫石这6位诗人唯一的共性就是都出生于上个世纪80年代。我想到杨碧薇小说《另类表达》中的一句话："我做了很多凌乱的梦。我梦到八十年代了。"而我并不想把他们共同置放于"80后"这一器皿中来谈论——尽管这样谈论起来会比较便利,但是也同样容易招致别人的诟病——我只想谈谈他们作为"个体"的差异性的诗歌状貌。当然,这一"个体"不可能是外界和场域中的绝缘体,肯定会与整体性的当下诗歌语境、生存状况以及吊诡的社会现实情势联系在一起。他们的背后是山东、云南、湖南、安徽、内蒙古、陕西等一个个省份，而他们不一样的面影背后携带的则是个人渊薮以及这个年代的"怕"与"爱"——"二十四节气像二十四个／不同省份的姑娘／中秋大约来自山东"（王原君《中秋》）。

一

这 6 本诗集的推出得归功于王原君，实际上这个出版计划已经推迟了一段时间了。今年 4 月底，在北京去往江南的飞机上，刚一坐定，突然有人叫我的名字，抬头一看原来是王原君。下飞机分别前，我们再次谈到了这套诗集出版的事情。

王原君——"我有一把一九八三年的左轮手枪"。这是一本黑夜里的"灰色自传"。王原君原来用过另一个笔名麦岸，实际上我更喜欢麦岸这个名字。当时他从山东来北京没多久，2011 年我读到了他的一本自印诗集《中国铁箱》——"搭乘今夜的小火车／我路过你们的城市与喘息／像天亮前消匿的露水／阳光，曾是我们共同的背景／但内部已千差万别"。火车、城市，已经成为这个时代最重要的媒介和空间，灰色或黑色的精神体验必然由这里生发。我喜欢"内部已千差万别"这句话，用它来做本文的题目也比较妥当。

王原君的诗人形象一度让我联想到一个落寞的"革命者"——更多是自我戏剧化和反讽的黑色腔调。王原君是同时代诗人中"历史意识"或确切地说是个人的历史化以及现实感非常突出的。这让我想到的是诗歌对于他这样的一个写作者意味着什么——
"资本时代的救赎"（《北京情话》）、"连悠远
的祖籍也丢了"（《冬至》）。这是历史在自我中
的重新唤醒与再次激活。资本的、现实的、超验的、
农耕的、速度的以及怀旧的、个人的、情欲的、批判的，
都以不同的声部在诗歌中像白日梦一样纷至沓来。
有时候读王原君的诗我会想起另一个山东诗人——
江非。王原君的诗有力道，看起来并没有多少微言
大义的晦涩，也并没有像同时代人那样浸淫于西方
化缠绕怪异的意象森林，而更多是个人化的发声且
不失尖锐，甚至有些诗是粗砺的、迅疾的、僭越的（比
如"旗帜和尿布，产自同一厂房"），尽管王原君
的诗不乏意象化和象征性，甚至有些诗从词语到意
象都非常繁密——这建立于那些细微可感的生活场
景和具有意味的历史细节之上。王原君很多的诗具
有自忖性、争辩感，而二者都具有强烈的反讽精神。
这既直接指向了自我体验，也直接捶打着现实与历
史交替的砧板——而这一切都是经由那些简洁而不
简单的语句说出。实际上诗人凭借的越少，反而更
需要难度和综合性的写作能力。显然，王原君已经
过了单纯借用"修辞"说话的写作过程。王原君的诗，
我更感兴趣于"时代""历史"与"个人"不明就
里或直接缠绕在一起的那部分——个人化的现实感
和个人化的历史想象力。尤其是这一"个人化的历
史"涉及到"身体""器官"以及更为隐私的体验
和想象的时候就具有了不无强烈的戏剧性和存在的
体温。这方面的代表作是《南方来信》《塑料旅店》
《深夜的革命者》——穿越时间和空间的面影让人

不免有错乱之感，但是这种并置显然也增加了诗歌的"现实"复杂性以及历史感。再进一步考量，我们可以将王原君的诗放置在整个中国的"北方"空间来考察，限于篇幅笔者在此不做具体阐释。这些诗既是生命的面影，也是现实的冷暖对应与内在转化。这样的诗就有了个体生命的温度，具备了历史与现实个人化相互打通的再度"发现"。与此相应，王原君的诗具有"互文"的对话性，他的诗中会叠加、复现那些各种各样的异域空间和人物——显然这是精神主体的对位过程。王原君的诗不乏日常与隐喻化的"爱"的能力（比如代表性的《我的低温女孩》《海的女儿》《我一再写下少女》《给一个女孩写信》《青春期》），这近乎本能性地还原了诗歌"青春期"的"个人"功能。与此同时我在更多的年轻写作者那里看到了他们集体地带有阴鸷面影地说"不"，否定、批判甚或偏激有时候会天然地与青年联系在一起，但是也必须强调的是诗人不能滥用了"否定"的权利，甚至更不能偏狭地将其生成为雅罗米尔式的极端气味。实际上诗歌最难的在于知晓了现实的残酷性还能继续说出"温暖"和"爱"。这让我想到的是亚当 扎加耶夫斯基的那首诗——"尝试赞美这残缺的世界"。

二

四月的蔷薇在医院的墙上盛开，这似乎是一个不小的悖论。杨碧薇在写作中的形象更像是俄罗斯套娃。实际上诗歌只是杨碧薇的一个侧面，她是一个在文学的诸多方面（甚至包括非文学的方面）都正在尝试的写作者。这是在不同类型的文本中对自我世界的差异性确认。杨碧薇自印过一本封面艳丽的诗集《诗摇滚》，这恰好暗合了我这样一个旁观者对她的诗歌印象，尽管在湘西沈从文的老家见过面，但基本上没有任何交流。《诗摇滚》的封二、封三和封底都是她形形色色的照片。那么这对应于诗歌文本中的哪一个杨碧薇呢？——"整日整夜打架子鼓，祈愿爆破生活，／用自我反对，来承认自己。"杨碧薇是基督徒，这种精神主体也对应于她的写作吗（比如她的硕士论文研究的就是穆旦的写作与基督教的关系）？由此，"流奶与蜜之地"也是这个诗人所探询与感喟的。

　　云南尤其是昭通近些年盛产出了很多优秀的年轻诗人，甚至其中不乏个性极其突出而令人侧目的诗人。杨碧薇，就是其中一个，而且她的名气在业界已经不小。前不久在鲁迅文学院和敬文东一起上课，饭间他半开玩笑地说自己现在很有名是因为很多人知道自己是杨碧薇的老师。杨碧薇是一个在现实生活版图中流动性比较强的人，这种流动性也对应于她不同空间的写作。从云南到广西、到海南、再到北京，一定程度上从经验的开阔度而言对于诗歌写作是有益的——青春期的日记体写作以及精神成人的淬炼过程。阅读她的诗，最深的体会是她好像是一个一直在生活和诗歌中行走而难以停顿、歇脚的人。杨碧薇是一个有文学异秉的写作者。2015年她还获得了一个"地下"诗歌艺术奖。对于这个奖我不太清楚来由，但是"地下"显然是这个时代已经久违的词。或者说"地下""先锋""民间""独立"在这个时代仍然还被稀稀落落地提及，但是已经物是人非、面目全非——而酒精和摇滚乐以及诗歌中那些面目模糊的"地下青年"更多的时候已经被置换成了后现代装置艺术的一个碎片或道具。试图成为广场上振臂一呼而应者云集的精英或者在文学自身革命的道路上成为马前卒都有些近乎前朝旧事和痴人说梦。而正是由此不堪的"先锋"境遇出发，真正的写作者才显得更为重要和难得。一定程度上，杨碧薇是他们那一代人当中的"先锋"，起码在写作的尝试以及写作者的姿态上而言是如此。这一"先锋性"尽管同样具有异端、怪异、少数人的色彩，但是杨碧薇也承担了一个走出"故乡"后重新返观自我和故地的"地方观察者"，尴尬与困境同样在她这里现身——"别处的暮色比故乡大"。"只想在诗里提出问题，那些在时代的瞬息万变中，被轻而易举地湮没的问题"，从这点上来说，诗人就是不折不扣的"问题青年"。我们不要奢望诗人去用行动解决社会问题——诗人在世俗的一面往往不及格，他们更重要的责任在于"提出问题"。

　　杨碧薇的诗长于繁密的叙述，其诗大胆、果断、逆行，也有难得的自省能力，她能够做到"一竿子捅到底"——无论是在价值判断上还是在诗歌技术层面。她敢于撕裂世相也敢于自剖内视，而后者则更为不易。我喜欢杨碧薇诗歌中的那份"不洁"——但是极其可悲的是诗歌中的"不洁"在阅读者和评论家那里很容易将之直接对应于写作者本人。这种可悲的惯性几乎成了当代中国特色的阅读史。女性写作很容易走向两个极端。一个极端是小家子气、小心情、小感受的磨磨唧唧且自我流连，甚或把自己扮演成冰清玉洁纤尘不染的玉女、圣女、童话女主角般的绝缘体；另一个极端就是充满了戾气、巫气、脾气、癖气、阴鸷、浊腐之气的尖利、刻薄与偏执。女性诗歌具有自我清洗和道德自律的功能与倾向，这也是写作中的一个不可避免且具有合理性的路径，但是对于没有"杂质""颗粒""摩擦"和"龃龉"的"洁癖诗"我一直心存疑虑，甚至一定程度上它们是可疑的。由此我喜欢杨碧薇诗歌中的那些"杂质""颗粒""矛盾""不洁"甚至"偏执""放任"。但是，反过来这种"不洁"和"杂质"必须是在诗歌文本之内才具有合理性，更不能将之放大为极端的倾向。杨碧薇具有写作长诗和组诗的综合能力，对于青年诗人来说这意味着成熟的速度和写作前景。而杨碧薇的长诗《妓》还被人改写成小说在"颓荡"微信上连载。这种写作的互文性不无意义，至于达到什么样的文学水准则是另一回事。在杨碧薇的诗里我看到了一个个碎片，而她一直以来只在重复着做一件事——将一些碎片彻底清除，将另一些碎片重新粘贴起来。

三

诗人有道，道成肉身，以气养鹤，或许这是另一个时代的朱奔或徐渭。这也许说的就是白木。但是，这也许正是一个"焚琴煮鹤"的时代！

我很喜欢白木诗集的名字——《天上大雨》。

这自天而降之物直接对应了人作为万物之一与空间的本能性关系。而该诗集开篇第一首诗的第一句就是"雨落大佛顶"，自然之物又具有了人的重新观照和精神的淬洗。实际上，诗歌中的"神性"不仅在当下是暌违的词，而且在一个后工业时代谈论神性多少显得如此不合时宜、令人不解。而从诗歌内部来说，"神性"如果不能真正转化为内心的精神自我就很容易成为极端高蹈自溺的危险——这是同样一种"语言的世故"。但是，具体到白木而言，诗歌已经成为他精神修习的淬炼过程。正如他的诗句所昭示的一样，"诗人应当学会乘鹤"。那么"佛""寺院""教堂""山水"作为重要的精神场域在他的诗歌中就具有了合理性和可信度。当然从美学上考量这一类型的诗是否具有有效性则是另一回事。白木这些与此相应的极其俭省的"小诗"让我想到的是佛偈，是因果、轮回、生死、幻化、挂碍和了悟的纠结。但这样的诗无论是从这一类型的诗歌传统来说还是从诗人所应具备的特异能力来说其难度都是巨大的。白木的诗有生命体验，有玄想，有超验性。尤其是超验性通过借助什么样的诗歌内质和外化的手段来得以有效呈现是诗人要考量和自我检视的。由这一类型的诗歌继续推进和拓展，我们会注意到白木的很多诗都具有极其俭省和留白的意味，这是朴素，也是难度。一首诗的打开度既与诗人的语言有关，又与对诗歌本体的认知相通。白木的诗是直接与时间的应和，生死一瞬，草木一秋，有焦虑，有追问。在其诗中时间性、存在感的词语和场景的出现密度极高，甚至有的诗直接以"生命""死亡""时间""现世""来世""墓志铭"做题。值得细究的则是就时间向度来看白木的诗歌时间更多还是依从于农耕时代的时间法则,比如《立春之歌》《寒露之歌》《气候之歌》《立春》等这样的带有"传统节气"诗作。由此,白木的诗非常注意"心象"与外物"气象"的关系——这是精神呼吸的节奏和灵感调控方式。他的诗歌也更像是与"心象"对位、感应的"隐喻的森林"。自然之物作为意象群的主体部分频繁出现,这是一种不由自主对现代性的排斥使然。从一个当代诗人的写作主体和精神趋向来看,白木是一个居于语言的"老旧人物",有山野之心,有超拔的格调,也有或隐或现的对惨厉历史与快速时代的不安与转身(比如《文明之歌》这样的文本)。无论是以"论"为题还是以"歌"作基调的系列诗作,白木仍然是对这一时间性命题的整体性加深与延续。白木的诗不乏孤愤之心,涉及到"故乡""回乡"时我感受到的是一颗现代人的如此分裂甚至撕裂的内心。

四

老刀的"皖中"地景与丧乱的背影——"雨水南来之夜,让人想起/一个目光游离的过客"。沉默、散漫,不宁、失神,漫不经心又满怀心事。这大体是十几年来老刀的写作状态。在80后一代诗人中老刀是我在阅读中较早接触的诗人,尽管至今并未谋面。进入一个诗人的文本会有诸多孔洞和缝隙,而老刀的诗除了让我们看到一个诗人的心路和情感状态以及与生命和时间指涉的诗歌状貌，还让我们目睹了文字中的暮色和阵雪以及泥泞中的"皖中大地"。

我比较感兴趣于诗人和空间之间的关系，这既可以细化为日常化的细节、场景和意象群体，也可以还原为写作者与地方性和时代空间之间的对话关系——即一个写作者如何在淮河以南和长江以北的江淮地区找到属于自我的发声装置并进行有效的再次发现甚至命名——比如他的组诗《皖中平原纪事》。尤其是在地方性焦灼和失语的城市化以及后工业时代，我在太多的诗人那里看到了一个个同样焦灼、尴尬的面影。那么，从诗歌的空间出发，老刀和他的"皖中"呈现的是同样的面影吗？这些面影是通过不同于其他写作者的何种修辞和观察角度呈现出来的？这样的问题似乎并不是针对老刀一个诗人的。在一个"故乡"丧乱的地图上——"大东南的平原上危机四伏"，一个诗人不仅要在现实中完成度量，完成具体的日常化的地理变动（比如安徽、南京、杭州……），更要在文字中重新建立一个与之对应的特殊的精神空间和灵魂坐标。"雪落在对面的井台上"——这是一个略显寒冷、沉滞的空间，更多的关乎生存渊薮与当下的日常境遇和经验伦理，而不是曾经的另一个理想主义乡土诗人的幻象和"天鹅绝唱"。如果不被同一个空间的其他诗人的声音和腔调所遮掩，这就需要诗人在生存和历史的双重时间化视野中具备另一种"还原"的能力。老刀具备这一能力，但是也有着不可避免的"影响的焦虑"。诗人所怀念的那一部分应该有一定的"白日梦"质素——介于现实与梦之间的位置。老刀的诗歌大体是冷峻的，如刀置水、似冰在心，更多时候诗人在雪阵和冷彻中展现一个精神自我的无着境地——"邻居是本地的异乡人"。这就如一个青年的成长史，我们只是记住了"1993年的大雪"，偶尔听到一个人的咳嗽声——这是时间和皖中大地的双重暗疾（代表性的是《伤感》一诗），"记忆满是灰色的田野"。在老刀的诗歌中总是隐隐约约出现落雪时刻沉暗的乡下、村庄、市镇和旷野，这成了不断拉扯的精神根系——"20年后 // 下午依旧与我亲切地打招呼 / 在小镇的路上偶遇"。老刀的诗中有不动声色的冷酷隐忍的部分，当这一部分降落在具体的生活场景之中，寓言和白日梦与现实夹杂在一起的时候那些意味就一言难尽了——"我正坐在一列开往江南的列车上"——儿时的江南不再，却到处是日常的"刽子手"。

五

日常的砧板之上，时间的流水之侧，谁为刀俎？

泽婴，写诗，写小说。每一个写作者都会在诗歌文本中重新寻找精神成长史以及自我的映像——"北方的鸟睡死在北方的寓言里 / 公元1983。"在漫长的雨季中，诗人披着一件已经被反复浇淋而发亮的雨披。有时候读泽婴的诗，我会不由自主地想起多年前某个人背后的呼和浩特以及北方广阔的风声。这是一种原发的精神呼应——"树叶落下 / 仰望天空 / 这是在北京开往呼和浩特的火车上 / 你不懂的／正如我没有想到／遥远的和过去的／光线在落叶的距离中做梦"。时代的火车所承载的是光阴，也是无法挽回的记忆碎片。

在泽婴的诗歌中我总是与那些秋冬时节的寒冷景象相遇。就我所看到的那些关于"节气"的诗歌，泽婴的组诗《二十四节气》是写得最好的——开阔而深邃，具有对时令和个体重新还原和重设的能力。我愿意把《夕像》这首诗看作泽婴诗歌写作的一个基点或者精神趋向的主调——"那不是整个村庄的叹息／仿佛你的叹息／你悄悄躲进山洞，好像真的消失／留下我在迷藏中寂寞地啜泣"。

泽婴早期的抒情短诗和片段有些像洛尔迦和海子式的谣曲。晚近时期泽婴诗歌的抒情性和叙述性非常突出，而泽婴的诗在叙述节奏上大抵是缓慢的，声调也不高，但是具有一种持续发声的能力。仿佛一只青蛙扔在凉水里，然后缓慢加热，直至最后让你感受到难以挣脱的困窘、窒息甚至生存和记忆的恐惧。慢慢到来的阵痛有时候比一针见血更难捱。泽婴的诗歌更像是一种极其耐心的劝说和诉说，既针对自我又指向他者。这样看来，泽婴的诗歌具有"信札"的功能。从外在来看，泽婴的很多诗直接处理"信札"的题材，或者直接以"书信"的形式来写作（比如《回信》《信笺》《一封信》《蓝信纸》）。诗歌对于泽婴而言就是"蓝信纸"。由此，我们看到更多的时候是诉说者和倾听者两者之间的纸上交流，有时候也会谈谈身边的天气、谈谈近日的状况和心情的潮汐，谈谈现实的苦雨、溽热以及人世的冷暖悲辛。我听到了一声声若有若无的叹息和感喟。当有些内容是"信札"所承载不了的，诗人就会用另一种语气来面对近乎无处不在但又无从着落的虚空和时间所带来的生命体验。

在泽婴的诗歌形象中我还经常会遇到一个"少女"和一个"少年"，他们所对应的必然是一个人具体的情感经历、童年经验和记忆的光斑。与此同时，泽婴诗歌中的"孩子"也对应于主体的心象——精神化的亲昵、呵护、疼爱。诗歌就是记忆，这多少已经显得大而无当的话却未必不是真理之一——有时候"童年期"对诗人的影响要比普通人更甚。如今，在泽婴的诗歌中我渐渐目睹了惨厉而不惊的"中年之心"与"无奈之胃"。实际上我更喜欢泽婴诗歌里的那份淡然不争，这在当下几乎成了罕见之物。这样来说，诗歌所承担的就是劝慰的功能了。"白裙子上洗不掉的残色"正是生活的法则。在"记忆的线段上"，在日常但是又必须小心翼翼而不无冷彻的人生路上，每个人都需要一个瞬间——被幸福和神眷顾的瞬间，而诗歌写作也属于这样的一个瞬间。

六

紫石，光看诗集名字《吻过月亮》就能大抵看到这是一个与很多女孩子一样怀有紫色的爱情童话之梦的诗人。诗歌成了诗人在现实与梦境、此岸和彼岸之间的摆渡。精神自我，爱的花园，午夜的星空，远方的来信，还有灰姑娘的不幸和眷顾，这似乎很容易成为一个女性诗人精神成长期的写作主题。

那么，紫石的诗是什么样的一番图景呢？带着这个疑问来看看她的诗吧！

对于女性写作而言，显然更容易成为围绕着"自我"向外发散的写作路径和精神向度。紫石的写作就是如此，有时候并不一定需要用"辽阔""宏大"的美学关键词来予以框定。女性写作更容易形成一种"微观"诗学，在那些细小的事物上更容易唤醒女性经验和诗意想象。这种特殊的"轻""细""小"又恰恰是女性诗歌传统的重要组成部分。而对于多年来的诗歌阅读经验和趣味而言，我更认可那种具体而微的写作方式——通过事物、细节、场景来说话来暗示来发现。由一系列微小的事物累积而成的正是女性精神的"蝴蝶效应"。由此，紫石的诗是关于精神主体的"小诗"，是舒缓但不乏张力的夜歌。但是紫石的这些"小诗"由诸多的孔洞和缝隙组成，里面可以容纳流水、细石、沙砾、清风和天空，可以容留一个悲欣参半的女性倒影——"我在灿烂的日子蜕变／向着初秋"。我想，就诗歌与个人在时间向度上的关联而言，这样的诗已经足够了。有时候，诗歌不一定与微言大义或者与"大道""正义"发生关联。"平静生活"的背后是什么？日常生活了无新意的复制与偶然的精神重临之间是什么关系？这是我在阅读紫石诗歌时的一个感受。诗歌就是内化于自我的精神呼吸方式，而女性则必然在其中寻找、铭记、回溯、确认、追挽、龃龉、宽恕或自我救赎，也有不解、悖论、否定和反讽构成的女性戏剧化自我。这是一株临岸的水仙，照映和对照成就的是女性精神主体的镜像。

差别诗丛

七

　　6个人的诗读完，我正在炎热的北京街头步行回家。每次途经地坛公园我都会想到那个轮椅上的作家。那么，春去冬来，寒来暑往，生老病死，诗歌有什么用呢？多年来这个问题不断纠结着我。文章到此打住，我想到了王原君的一句诗——"天黑了，我们要自己照耀自己"。同样是黄夜般的背景，而泽婴给出的则是——"你的信里写：没有一支火把，最后不被熄灭。"也许，在现实的情势下每个人照亮自我的"光源"并不相同，但是也许正是彼此之间的差异性构成了我们这个时代的客观整体性参照中互相指涉的必不可少的部分。

　　"内部已千差万别"，这不仅是我们的诗歌，也是我们的生活本身。

2016年7月，北京

目　录

因为春天

飞行问候

一首飞行诗
送给你云朵间的穿梭
天空照见大地的影
地上是飞鸟
我一直在寻找一颗颠倒的种子
长大随你游移自然
护你飞行别离太阳太近
月光照耀时静心安眠

一首飞行诗
送给我们气息的距离
风在云里雾里眼里心里
一念间抵达
不用说从哪里来到哪里去
都懂得时间的问候
光的最远方
还有尽头

海上的小鹿仰望飞行
渴盼起身日日飞翔
去平视彩虹　托起向往高处的飞鸟
松松天上积郁的土尘
我，吻了双翼
自遥远的海上而来
问候每一天新鲜的你
包括明天

季节

一瞬间
叶落
扫也不尽
我理了十八岁的头发
心倒退了一圈
可只十根手指

其中两根似汤匙
舀起大学时光
镜子里是绿色的笑容
略微丰腴的臀
缓慢
富有节奏

后来夏天
一只荣登西班牙海鲜饭
剔去了肠线的虎皮虾
似我轻吮一口道地的干白
自满的独行醉了
梦中不再歌唱所谓的辉煌
闭目行走

直到秋
我感到一股温暖的气息

飞舞的金色
满眼曙光逆转的安逸
终于
知道了土地的滋味

春分记

沿着清婉的小径
数过春分时节的繁花
每一朵都些许不同
在清风里闪烁
温柔到你舍不得抚摸
只瞥一眼
如同逢迎着爱慕的初恋的芳心
她还不知道
便相遇了
自此也同样渴求着你的眼

正彼此望见
那空中翱翔的黑天鹅
乌鸦毛羽油亮
高傲的神鸟并不限于喜鹊的吉祥
我的伤感源于交替
季节变换带来的不适
粉色的天真与成熟都成为一种诱惑
时而欢喜时而沉默
陷入得那么美妙
对面才是自己

因为春天

——送给每个在春天寻找希望的朋友

花开了　草绿了　因为春天
风中有了太阳温暖的味道
浩蓝的天空渐渐多了鸟儿和风筝
走在春天里
一年都将是新的
淡淡抹去往日难渡的冷寂
感恩勇敢与执着启迪出新的智慧

因为春天
我们知道了轮回
懂得生命的善始善终
也明白即使渺小也会有新的起点
一株小草
一把渴望春雨的泥土
一只晾着翅膀准备飞翔的鸽子
一个靠在飘窗写诗给未来爱人的我

因为春天
人们会回忆过往
又因为过往一去不再复返
人们懂得珍惜瞬间美好却抓不住的真实
这样一个季节
让我们希望着行走
从四季的五味杂陈中筛选
在一片广阔的天地中从容地向前看

这个春天折一支山茶花送去

——致一位远方的妈妈

我要枪毙你　春天
你失控
你抢夺
所有的生命力向你汇集

你霸道
你扼杀
你宣扬告别脆弱的
目睹终结一切顽强的渐息

可我崇拜你
你的决绝　不留痛
你的悲悯　在繁花盛开时
给一个名字画上鲜艳的圈

我知道我爱你　春天
愤怒和感激都撒泄给你　不懂得
也从不追问
不是偶然眼见清风拂花

我也知道　是因为思念
还有错过的雨
解开深沉的遗憾
才能依然在下一个春季活下去

春蜂

春天里发芽与生长
都是要命的事
我试图拔掉深钻在身体的刺
天晃一下就是一阵眩晕

血液无师自通
心房听到哭泣也跟着哭泣
因我扎了自己
不再有任何一条活路

那个人只是不小心碰了她
一下

立夏

还没有来得及想象
今年的青春一步步走着
夏天已到来
我常常并不真正关心时节
要知道最美的时候总是拥有时间
了解真正的自己

也许夏天还没有经历
就已在秋天的早晨画着云朵
写着诗
赤道的另一端灯火通明
一觉醒来很好
惊喜是内在的感觉

蓝天　鸥鸟
不同肤色的人们无所恐惧
食物有本真的滋味
诗人适应这缓慢
飞快地骑行飞快地穿越情人港大桥
只为了贼鸥们准时的午餐

一个下午甚至更久
海照耀的彼此是一种永恒的湛蓝
时而洒下甘甜

我见到了相约已久的伙伴
说说笑笑
真实的人让这世界很近很小

西子之念

西子湖畔的微雨
略带清新而忧郁的风
即将相见
昨夜梦中的细细呢喃

羽毛上的花瓣
呵护中颔首
淡淡的紫一点点香甜
那么近又那么远

我记得每一种鸟鸣的声音
在茶山上温润地回响
思念千回百转
印刻在左手的掌心

寻的是你
等的是你
念的是你
那一夜竹林轻吟莲花开

仿佛风中追逐的沙
四月烟雨朦胧中的扁舟
仿佛湖面幻化出月影
涟漪把心惹了一下

关于你
只一眼便是注定
某一刻所有含蓄的走进
且慢　听那雨声

风之爱

远处顶上的登山客
看不到我
他们对着遥远处水库边的堤坝
全力欢乐地呼喊着
山间漂泊
云里漂泊
在风中　在水上
渐渐飘到了我的耳旁

我躺在堤坝的最高处
也看不到他们
独自枕着清凉的石块
把身体放平　蜷缩
像极了一次梦幻的睡眠
万物平行
又渐渐苏醒
从此　听得懂风的声音

我闭上眼睛不看一切
和耳畔石间的一朵小花
一同摇曳
我听到花虫对甜蜜的渴望
还听到蚂蚁爬上我的臂膀
这儿闻闻那儿嗅嗅

发信号给伙伴　解除警报

我闭上眼睛不看一切
远空有飞机划过
由远及近　又渐渐远去
有山喜鹊　叽叽喳喳呼朋引伴
还有遥远处人的欢乐　偶尔有车
还有　还有
还有觉得这世界　其实是风
其实　是风的呼吸

风穿梭在堤坝的石间
让我一点点闻到历史的味道
有汹涌　有日夜
有寂寞　有荣枯
风让我不用去区分水与天的界限
远方远方　只一线
我不再有万千万千的好奇
一切宁静　有趣

我觉得是风
风的呼吸
让我感到世界中自己的世界
还有　清晰的你

同行

整个天空都在行走
云朵的缓慢
为主调做着修饰的节奏
我在巨大下面仰望
偶然间冒一句诗
望一眼最西边月初之地
树影渐渐伸出
落叶随风填补地面上的枝干
酒一样的晚霞挥手吻别
我于静默中感恩
迷一样的世界
平日太轻易

打开自己　阅读
鲁米的对话在耳边起伏
强烈的暖流
让我看到光之门
是的　迷雾不会遮蔽太久
是一种正直的力量正启迪我们
勇敢地面对
放下狂妄轻薄的自己
每个人的精神里
都住着一个永久的春天
真诚地耕耘　休憩
让风吹拂曾写下的名字

八月

我在灿烂的日子蜕变
向着初秋
你游在我的海里说是风
海水是温柔的

深红色礁石上的足尖
栀子花清香
声音在耳边不知道遥远
说的什么不重要

白夜的海浪没有边际却总在探寻
微咸还是微甘
跑过来全是如果
如果不仅仅是深远的思念

约

确信需要一条棉被
沉甸甸压住绿色
花
早已在夏季里
欲罢不能
如何冬季依然残酷
作茧自缚
寒风中破碎的油画
多少人移植又移植
干渴抵不住风中叫嚣的冰凌
都是水
一死一活
如何要自己那样坚强
2014 都到了
可说好的雪呢
说好的

初见别离

春天来了
我突地哀怜起
妖娆　婀娜
甚至是与
一个来世的自己赌博

春天还没来
只是白杨树抽出绒芽
土地脱去了厚重的棉衣
几只喜鹊飞过
不幸此时
此时我已哀怜起下一个冬国

消失的地平线

绯红的晚霞
你说
可爱的脸庞
玫瑰　玫瑰　还是玫瑰
我惊愕
这无懈可击的温柔色
还有四月其他
甘做各种陪衬的花

我矗立的土地飞沙
头顶是贫民窟
错乱的高压线
远方泛红的不是脸颊
拖着一地红气球
他　讲鬼话的预言家
所以
你留下

我走了
去寻找自己
远方的身躯
让记忆的尘埃
永不停留在一个地方

镜中的马丘比丘

——读聂鲁达《马丘比丘之巅》

马丘比丘
我不认识你
但当我从星空坠落在山巅
诗人的歌
让平淡的夜突然明亮
我熊熊燃烧着
欢乐着
为了迎接你的魔咒
甘愿坠亡
越来越近
不知我消逝的身体
还能否让我在你的肌体上站立
顶着那险峰额上的白云
亲吻你深海中裹满泥土却又纯洁的足

马丘比丘
我不认识你
如果不是这个名字
我觉得自己曾在你的身边低吟
拨开漂着浮萍的湖水
照着你的面孔在石上深深雕刻你的掠影
尽管你不知道我
一个东方女子

惆怅的原因
越来越远
不知道你尘封的往事
还有多少细节挣扎着埋葬或者迸发
像流星雨冲进我的身体
一刹那
就浓烈地消失了

马丘比丘
我不认识你
多少海水、树木、岩石、空气、灵长
也不知道你却包围着你
用沉默的语言和身躯
在你金色的血液中洗涤着无数
灵魂和灵魂以外
照耀了多少故事的雕像
成为我追逐的传说与诗歌
越来越近
我似乎仍能听到你
就在那云后的圣音中隐约却清晰
你用你沉重而空灵的呼吸
让我用我的母语
理解你

忘川湖

你微笑着像一面透明的镜
波澜不惊
火红的阳光与银色的月
在你怀中
燃烧与冷傲同获平静
金色的睡莲
是天庭仙女落下的一滴甘露
到了人间便是仙子
围着你的山谷
没有风
没有云
从不觉得缺少什么

在你的怀中
时间侵蚀的石块岿然凝固
一只金色的蛙
轻轻鼓动透明的腮侧
眼睛不眨一下
只有善者和智者
才能走进忘川湖的世界
沐浴在光芒中
再多望一眼
失去一切
轻轻闭上流动的眸子
什么都映在金色的宁静中

最北方

蓝色星球的蓝色眼睛
冰凌般妩媚的白色睫毛
眨呀眨
涌动着古代
遥远地心的能量
将我身心沐浴
赤裸的欢愉
作这视觉的一颗微粒

无边的灌木
巨人头顶上矮矮的毛发
齐刷刷的
科学家的涂鸦
诞生数学逻辑的公式
健康的毛孔
源自精神的深呼吸
与天空对话时
唱着孤独而热烈的情歌

我惧怕你的威严
又依恋
透明伟岸的巨人
足下是深沉的蓝色
你每个照见我的角度

听见你言语
总在同样深沉的夜
用梦幻的光指引我思潮

我肆意将身体
埋在这里
仰望海　森林　天空
像另一个星球的天外来客
好奇地在母体中畅游
你宽容地环绕
仿佛感到我的脉搏
喷薄

便在这一夜间
溶入你雪雾的朦胧
在春天的音乐中
听你的冬季
还不敢去想你的极致
已闻到浓烈
在到达你前我情愿做个盲者
神秘冰岛

黄土高坡

还没有来得及看这里的星空
我们就已作别
匆匆
匆匆

每一个初次路过的面孔
仿佛意识深处相识
还来不及回忆
已擦肩而过

我愿以生命呵护的人
母亲　从山坳中走出
此程我站在这城最高处
仰望你

将双足埋入黄土　为太阳
献上你教诲的正义与坚韧
感恩延河水的哺育
你对生命的赐予和包容

还要在土窑里　将身体
极力铺展　毛孔舒开
呼吸这狂风卷过
还会回来的苦甜苦甜的气息

立在这山脚
似乎懂一点点老人的八十年
这山这院这土地的意义
从没有　也不会离去

还没有来得及唤完所有
血脉的亲人
就要挥手　匆匆
匆匆　根在这黄土地的天空

密山记忆

行走在闪亮而层叠的绿色
层叠而无际的蓝天
无际而浓烈的云
浓烈而轻盈的风中

一只带着喜悦哭泣的仙女的绵羊
大口大口灌饮着交界处的湖水
凝望着遥远处通红的夕阳
忽然间雀跃　一发不止

无人可挡　倾注又戛然
高傲的身后拖着一身洁白的长纱
缓缓地穿过一道七彩霓虹
羞涩的莞尔　面颊绯红

这只是北大荒的一隅
一隅一瞬的天空
还有广袤的绿色裙罗
哺育众生的万顷良田万亩湖泊

夜晚里蛙声一片
星空下风吹稻浪
偶尔望见脚下隐约闪烁的银河
赤裸着黑土地的回响

你便不知觉一切地睡去
直到晨光忍不住
早早带着布谷鸟初夏的啼唱
洒向湖面

还有林间婆娑的斑驳
银铃般的呼唤
还有绕着松土里野花舞动的彩蝶
深吸一口欲滴的蜜

拂你晌午惺忪的睡眼
不知觉一切地苏醒
柔情烈焰
涤去所有不善的记忆

行走　对着自然思考自然
对着湖田中的微影思考人生
对着飞翔的鸥鸟思考生命
是的　我有我的名字

北海春午后

躺在柳荫庇护下的天空
阳光时而捕到我
湖水拖着船在风中涌动
隐约间和着歌谣

白日梦被鸟儿衔了去
装点老树上的新居
远岛上的白塔赤裸着
任那光画着灰白调

我能给这春天的午后什么
作一只时间的飞鸟
划过湛蓝的天空以及倒影
唤醒所有历史记忆

颜色　声音　味道
周围环绕的光和水的温度
还有风的诉说
图腾生长迁徙的古老传说

金色瓦当金色鲤
红墙绿琉璃
呼吸间是历久情怀的悸动
长河中的生命血脉

夜丁香

丁香花
在这春天的夜
静静生长

昏黄的十字路口
人们匆匆走过
我轻轻停下

看到她
默默伸嫩芽
和星空银河悄悄话

看到她
告诉夜行的猫狗孩子
过马路不要怕

丁香　丁香
安抚着大都市的萧条
斜视着心乱如麻

丁香　丁香
温暖的忧怨
让偶然的人泪如雨下

我还是走了
在这丁香花开的夜
不再等待

白玉兰

最爱
十年前的相遇
踏着阳光
第一天走进校园
你飘忽地映进我
清澈的眼睛
便再也容不下
其他

因为你
这大学时光
即便没有一场恋爱
也让我轰轰烈烈

景山牡丹

我若是一名男子
如何不会在众目睽睽之下
将你采摘
但在这之前
我已无数次将自己按捺
你的娇艳欲滴
赤裸到无私
即便微含
也让我英勇的赤诚
荡漾

顾不得天空与日光的颜色
风拂雨落的声音
只有你
蜜蜂般扑向你
醉在你的怀中吸吮
毫无节制地让灵魂抽离
随你华丽的蝶影
一同凋落
这眩晕让我感到生命的热度
鲜红地迸发

此刻
我已分不清文字与心

而你却那样冷静
只偶然微微点点头
偶然赠一缕香
我不能得到你么？ 不能么!
你转过身去
向着拍照的人
我懂得正是你回绝的泪水
成全了我的诗句

中山郁金

我不是一个多情的男子
沉淀　沉淀
早已有人告诫
绝艳之物不可私藏
我不能将你据为己有
可做你裙衫的奴仆?
献上我此生所有的赞美
为你
玉透的身体
尘埃与凋谢

也许你自己也不知道
你的美
别离后的泥土
久久眷恋着你轻柔的体味
拼命地贮藏
也许你讶异
如何不动声色俘获了一个
高傲而自由的灵魂
宁愿做你足下的虫尸
亦或瞬逝的朝露

我竟有些怕了
端详你时才发现自己的眼睛鼻子

以及对风的触觉

金色的神秘

是你迎向光微闪着的心

无法阻挡的欢乐

唤醒我

让我的心自己诉说与倾听

不忘初心　方能始终

爱上紧口裙

清晨
我思考昨天
裙口束缚的忧伤
黑天鹅般优雅
告诫不要心急　步履匆匆
就在那里轻轻微笑

不得如此
轻燕提起裙罗　一下一下
要快　要稳
要得体美好
可偏偏
作了一只显眼的三脚猫

便应是一位下颚微颔
手持凤凰羽扇
款款缓行的大小姐
亦或是一株长发及腰
纤弱婀娜
细语轻步的仙草
可偏偏
常常被时间温柔地吊起来
她说她其实没关系
她有恒定的节奏

举重若轻
只是我焦急

可偏偏
我爱上了一条紧口裙
暗恋上她与时间的暧昧
以及黑色的独立
要么换上裤子
要么撕裂她

十二月的第一夜

狂风追着十二月的土腥气
第一天入夜
归途中的人们被追赶着　可是黎明
不会更早到来的安慰和光明

我分开我自己　动物般
伸张手指脚趾每一处洞孔
在舒缓轻盈的音乐中等待死亡　以小时
计算这以天气为由的早逝

再去找来所有可能的不幸
比如晚婚给家人的伤痛
比如不去敏感离别与死亡
比如尚未阅读的书籍和瞬间的爱

都暗暗加在一起了
我对自己说这天气真糟
然后微笑然后睡觉
然后明天不断成为今天　天气真糟

重构

这狂风
是亲人煲制的法式海鲜汤中
恶人掷入的焦煤
是惊天高耸的枯枝上
嘶鸣着死亡的乌鸦

这狂风
肆虐地捧起装箱的垃圾
裹着腐朽的恶臭
攻打不是坦克的车
试图掀翻所有抗争的哀鸣

这狂风
吹散生长中的乌黑长发
遮住眼睛的光芒
连呼吸和血液也被蚕食
那黑色猖狂

这狂风
是一种蛊惑精神的冰毒
席卷起焦虑
不安
将生命漩入亢奋的挣扎

我站在这样的狂风中

为足下的土地悲泣
城市的繁华
即便加上雾霾后浓烈的日光
也掩不住逝去文明的流亡

天上的雷
你能否劈开这哀伤
让沉睡千年的智慧苏醒
让这城里的人走出去
知道世界本真的模样

都在逃亡
都在慌张
我只想继续倔强地走在这路上
看这黑色狂风
能把我和同行的人怎样

等待
等待
一觉醒来
窗外的世界说风不是风
是土、是沙

等待　等待
这疯狂的城市
何时可以脱下假慈悲的面具
让历史一步一步
沿袭着远古的文明徐徐生发

某一天

地铁上的孩子说
雷锋要是真无私就应该把日记毁了
别留下什么

五元钱的真假
拾荒者
对着太阳认真地看着摸了又摸

我一下午找到好几个
十五年失去联系的同学
有的还没结婚　有的孩子三岁多

电梯里同事说
在北京他忒 TM 穷
就是因为有房有车

某人苦逼地准备
参加一个只要花了时间就八成满分
不会不过的换证国考

一天又一天
时间都哪儿去了
又有时一个镜头在心中漫漫穿梭

某一天
时间借助身体把记忆篆刻
我们乐此不疲地喜怒哀乐

某一天
当我们真正走向宁静
一切的一切化作尘世的一支歌

你自己
是作词作曲
演奏者和歌唱者

慢镜头

吃米线的小夫妻　席中
只说了一句话
选你爱吃的我都行
其间男人怀里抱着女人的包
倒水　夹菜　掰筷子
换了不被阳光刺到眼的座儿
偶尔不经意相望
偶尔笑
我坐在对面
一直觉得他们像一个人

当语言不是全部
默默在氧气中扩散
淡淡的甜润
让人在宁静里理解匆匆中
生活的爱情

侧影

雨天　阴阴绵绵
那是昨日留下的微凉的清风
我已为你的回眸盘起长发
迎接或许会升起的朝阳

一盏茶
一只玉簪
一身汉袍
一把剑

一张随花瓣飘落的胭脂唇纸
一侧微翘的嘴角与眼
一弯窈窕的腰身
一双轻巧的足

原本是山川的大海
原本是冰山的熔岩
云朵　草原
一个女子的气息穿越

恍惚间恍惚
你知　我是谁么
可读懂我的字里行间
前世姻缘

熟悉的人

伦敦的雨常常
逛这老街
每次都换个新装
我只认得家门和亲人

这繁华
从不祭祀十字路口的财神庙
只喜好乐此不疲
招揽素不相识的夸赞

这条老街
到处都是美元
老邻居一家家走了
腐朽散漫

只有久居的阿叔
我熟悉的他们　扫街多年
每天穿一样的衣裳
在老地方玩

陌生的哀悼

我醒着
深夜听说一个人离开
上游的水不知怎的就断流了
那么突然
夏天的行程本来还满满的
猛一下子说走就走
不要四季了
多么狂妄
听说他还是个爱笑的园丁呢
修剪过大片大片的森林
是做了多少准备
精心地
才舍得在自己的杰作中遗失
未来的嘱托
没有未来没有嘱托
我不认得这个人
可黑暗抛来生命的潮湿与沉重
我想有些存在
始终都是高贵的
不要太轻
眼前还有无限的海

桥

在你的声音中
总看到另一个样子
我们都站在
独木桥上
没有为了避让
任何一个先跳下去

危险的相望穿越
米酒酿成的远远的云朵
带刺的玫瑰
不知先让哪一个
在途中沉醉

断片儿

因为一顿大酒
一对夫妻先是分居
后来不知道情况怎样了

我突然感到

哦　如果你们还能
没有隔阂地手牵着手
在一个周末的下午散步

是多么简单
不易的事

早餐时光

一个人跟另一个人说话
一个人跟另一个人说话
他们并不互相认识
他们一边对另一个人说话
一边听
另一个人说话

蚜虫

悄悄地
你强大的欲望部署
精心去占领
一个个新生命
蚕食　蚕食
直到控制　吞噬
然后疯狂地哺育
你的下一代

下一代
还是蚜虫

同行的老夫

背向我
左顾右盼地怯怯瞻望
那是他脖颈的皮肤
如同一块瘫软的老树皮
或是　显微镜下年幼的大象
深褐色的沟壑
在涌动的人潮中
扭动着呐喊

他放下两个巨大的编织袋
背向我　小心翼翼
将半个身子架在地铁中的座位上
身体仍掂量着是否可以坐下
我没有动静地端详
像对着一张版画的粗木
胡子是风霜雕琢后狼狈的秋田
面部是洪流肆虐过满是褶皱的土壑

我感到他的不安
他感到所有人的猜测
始终扭动着橡皮般的脖颈张望
下巴俯视着那双 365 天奔波的雨鞋
不知是否到站　便起了身
他破旧的裤兜里
突现一只粗芯的红色铅笔
在车厢中闪闪发光

不要说出过多的细节

轻轻地，走了

—— 献给爷爷

我把剩余的别人
对他生命的期望和企图　统统折进
口袋　拉起拉链推进
去那不锈钢的开间　然后是盒子
每一个　短暂的新居

这么多年　从没有这么多高官的花篮来访
映着客厅中的白墙　刺眼地喊着
肃穆　清静
我宁愿相信　香气
是纪念　而非例行公事

他的入眠
回归到一个婴儿的夭折
如同不知这世界一切的好奇
看着众多的孩子
看着众多的母亲

他的清晨
在巨大的千百万个火热的清晨中燃烧
骨头和花都有着裂变的声音
在最黑暗的黎明
穿透过所有肌肤追逐白鸟

我姥爷的哥哥　也是我的
爷爷　九十三岁的慈祥照耀着
我没有跪在床前
甚至没有泪水
愿他轻轻走　不带走怀念

宫殿木匠

——手艺人

高尚的尊严
宫殿木匠
复原古老的工具
用锋利
弹拨雨水的侵袭
唤醒飞鸟时代的丝柏
稳定中的轮回
和质朴万物中
诚实　心无旁骛的
灵性自我

与自然恒温的工具
手与身体
在这片土地
建造尺和寸的完美无憾
典雅庄重
拔地而起
生命绽放出灵动
昭示着世界元素的本性
是无数虔诚心灵
追逐的圣国

这一双双

令人心生敬畏的手
仰望一座座宫殿
在所有季节的光润
印刻着手艺人的老茧和智慧
人造的圣堂
在这四神相应宝地
仿佛是
一棵生长中的菩提树
居住无数佛

胡同一隅

绿裤子的大姐斜倚在大红色的
旧门前
一副高度近视眼镜
终于压住了轻浮的姿态
老去的妖娆
如那风都碰不得的旧门
吱吱作响
不服气的肉欲
充满残败的历史感
汽车一辆辆驶过
溅起水泥
她努力放出的微笑
成了路人的灰烬
连那扇门
也记不清楚年轻的样子

飞虫墓志铭

太阳的孩子
如何解释对光的向往
你的心
怯弱而又张狂

从来辨不出早已焦灼的同类
凝集所有的力量
冲上去　幻灭
死亡只是瞬间的一缕轻烟

一个个碰撞
因为光
尸体的腥臭显得伟岸
这生命的莽撞是一种辉煌

顾不及听人嘲笑
这些或许曾害怕过
飞不到星月高度的翅膀
依然执着

不要云　不要风
光　光
是的　是光　是光
所有生命的意义迎向那光

不要说出过多的细节

就此绝口
封存　这世界的天色
从不曾作别时间
模糊里有过去未来但没有一切
都只是词语作罢

涂抹掉结束
一大块一次性的布
消解为很多块　空气　灰尘
世界的水汽
无数遥远而闪烁的星辰

面对的时候
不错过
也不要说出过多的细节

虎头蛇尾的诗

争吵是浪漫路上的迷魂药
一对情侣还没上路就倒下了
彼此翻腾逝去的美妙
贴在脸上　转身
看镜子再拍照证明　曾经

坚持住的手牵手　推开门
一些人哭了　很多次
直到没有眼泪或习以为常
决定一个人　散步　写作
床边有个睡觉的人

相敬如宾
始终微笑

母亲的眼睛

倾听你
深情蒙古族母语的歌声
微笑沉浸
每根欢乐的神经
隐隐约约
些许痛
不敢回头
看一下下儿子的表情

将开始一段新的旅程
明天郑重
为仪式
携着下一个你生命中的女人
她望着你时
一样有坚定有相信
你确信
找到一双母亲般的眼睛

堤坝

有多少无力的时候
我们做了这世界不公的看客
除了张望别人的撕心裂肺
还关心什么吗

控诉者的呼喊夹杂着方言
冤屈无效地贲张
妇女　孩子
男人被捕后一个家族的缩影

她的孩子会不会复仇
是个儿子
母亲会不会疯狂地掐死他或者自杀
边缘那么隐蔽

我常常愿作轻浮的侍者
快乐是最简单的事
生命悠悠荡荡
蓬松的棉花糖是持久的甜美

可那哭嚎如何刺得那样痛
只是路过听不清的片段
太多太多的弱者
我们能去哪里拯救他们

关门以前

闪电直穿过心
眼睛尚未来得及看见
不那么闷了
凉风如此闪耀
恍然
记不得远处姓甚名谁
笑着说了大白话
肩并肩疾走
迎来那暴雨倾盆

失落的动能

哭丧着一张老脸的
暮暮沉沉
甚至连皱纹都看不清
倾吐一世的苦怨
惨烈的灰白
裹着鲜红的谩骂与愤怒
平静的幕布下
是轰轰烈烈的大数字
霉变的气息
弥漫着阴郁的风险

行走在这样的空间中
我成为一个异己分子的暴徒
眺望只会证实
强大者也失去眼睛
一片灰白
惨烈的灰白
呼风唤雨的货币
代价　代价
你给上帝什么
从不贪婪的上帝迟早还回

今日大雪

这冬天　大雪
想遇到一个可以谈论诗的人
又会弹棉花　真是不易
那节奏　专注还有汗水
宽厚的手
嘴边轻轻的歌
我可以长时间痴痴看那劳动以取暖
包括可以想象的夏日的黝黑
如今大地上
蓬松飞扬的雪白棉絮
是裙摆里不断渗出的鹅毛
是我想象
那美好的时刻

忘却每一个夜晚

在夜间写诗
深眠中平静规律的呼吸　无觉察
窥见梦
如果可以期待　又可以
把控希望　是彩色该多好

抓住笔　就抓住了依据
灰雀在高压线上叫嚷　鼓楼和钟楼
口罩下面面相觑
我锄开我的居所　找清明
找雨后碎瓦　找去年落下的核桃和枣子

但我不知道明天
也从不去怀疑身体的忠诚
又在清晨　异乡空无一人的森林中奔跑
炽热与平静同时上升
肌肤与骨骼不幸落在后面　每次都呼喊

爱情可以狂妄地超越
时光　静止隧道中我的心动
是最本源的勃发
对于爱
那强烈永远保有少女的羞涩

青年火山

跳过生活
那样完美地铸就了永恒
难以抑制的欢喜
甜蜜的焦虑
冲动而沉郁的渴慕
一个青年
还不曾开始
巨大的爱就自我埋葬了
他还未来得及走近
他已离开

这之前
他反复诵读
保罗·缪勒的一句诗
于是一场梦想从我青春的春天
来到我的沙发椅前
我得到了一种真挚的渴慕，思念你
你，女人们的太阳

接吻

接吻
是相互吸引的孤独
遇到平行的万有引力

接吻
是鸟啄了一下木头
就有了啄木鸟

接吻
是大地仰望着天空
只在远海以视觉相交

接吻
是两朵花的调情
先满足蜜蜂的渴望

接吻
是站在对岸
我们凝望的诀别

接吻
是从不相识
彼此做了梦中情人

距离

是一种游戏

愿留下的都是美好记忆

摆渡人

听
水依桨而来的声音
一波一波
似乎还伴着那潮湿布衫的间错

听
摆渡上一支琵琶
悄语弄弦
一把油纸伞忆得江南儿时岁月

谁的指尖
拨开柳芽春帘
又是谁温雅的面庞
侧耳倾听若隐若现若即若离的吟唱

何来花瓣偶飘零
何来燕雀鸣
舟前行
不舍依依

轻提裙
绣花足缓缓移
青苔石上一回眸
依依不舍

隐隐前世

一支元曲
一首楚辞
一把断了弦久未碰触的古琴
一幅古绣的皇帝诏书

清明时节
前世寄托在肉身上的气息隐隐跳动
我依着味道
探望或许曾多梦的天地

衣裳轻纱漫妙
掩不住清冷悠远的世纪孤傲
千年的沉眠
只在这沧桑中淡淡飘渺

几度关山月下逃亡
离乡万里
又是杨柳依依
却不见亲人扶持倚靠

如今万千景象
我只爱这皇庭一隅
最西北处
我曾千里迢迢

断句

剪

剁

用粗黑的发再勒

精神运动导致浑身酸痛

腰间穿梭的冷风试打着标点

我被困住

子宫的痉挛控制起下体所有的缝隙

词语瞬时连成片

密密麻麻

血块挂在柔软的墙上不得脱身

时间的成就毁于一点

母亲说我的眉宇

抽搐了下

好像

好像再没有什么

反复

经过一个痛的夜晚
月亮更加明亮　照耀一切
戴上光环
而我的左下颚骨开始错位
这毫无缘故的后遗症
让白天也开始混沌
疼痛与疼痛纠结在一起
日食般
吞噬我的宫殿
我知道该吃药了
医生曾告诉我必须吃啊
要让深褐色成为血红
那样才是女人

我开始回想　我的母亲
准备了三十余年
那灼烧的日头才终于降临

匠人

梦魇
收缩的器官从高处滑落
被时间切割成
寂静中的每一秒
然而不是梦　或者醒

诗是一片麻醉剂
不去恢复眼前事物本来的焦距
如同夜晚待人们睡去后眺望
并不熟悉也不能用陌生形容的城市
一切开始迟缓

不要轻易住进潮湿的地方
相信我
忽略那些潜在的
忧伤　霉变　会让已过去的继续
存在　滋生　带来某种味觉的活物

是的　我的确骄傲地吞下
完美太大
所以为的并非真相
直到重新整理才发现衣物甚至毛巾
块状浮绒的斑痕

不仅仅　这世界
一切都有能力长出毛发
令人作呕
对于自己的宽恕国王般慷慨
弱者从没有什么权力　包括放弃

所以我必须灼烧我自己
从诗中醒来
与戏剧的开端　高潮明确了断
再渐次放弃思考的病态
有节奏的张弛　再为俑

出 路

放弃　你确信
在我尚没有能力站立
和思考的时候
你的撒手
是我的第一次死亡
尽管你后悔过

只我一个
还活着　确信
在忏悔不安的路途上
你们都被上帝唤去
升腾的灵魂
让嫉恨的残存做铺路石

吉普赛人让我的孩子叫了
纪念你们的名字
姓　用了我的
我每天亲切呼唤
却习惯不了这驻扎的
总泛滥的死水

时间　轮回
瞬间的欣狂与陶醉
躺在没有温度的白床上

白单子蒙着我的脸
两个使者
指引我入你们同一扇门

大于死亡

到处都是子弹
穿梭
在这不见天日的林中
魔鬼发现我
躲藏进他的世界
沾沾自喜

内心的火焰
快要把我灼烧到爆裂
遇上狂躁干渴的风
将这林子点燃成为灰烬
来一阵暴雨
泥土　泥土

我一直走
一直走回原地
一言不发

关于陌生

你感到风一般存在的
空灵了吗

一只八音盒的美妙
爱不释手　转而走掉

恋上毒草的蝴蝶
七天后褪下了一张蛇皮

躲在云后的天使
边磨刀　边吹泡泡糖

鸽子从太阳中飞出来了
那油画像真的　我握着笔

常常丢掉自己
在睡醒时候迷失的小鹿

彩虹呢
先问狂风再暴雨

见到你时候的微笑
是说永不再见

变成土里的一颗种子
踩一脚　埋葬

你爱上透明的玻璃
不熟悉我的存在

易碎
是我的心

筒子河

你一直在等我
无论白天还是黑夜
静静地流淌
顺着河道　每一个方向
我知道路过的时候你并不停留
站在这里
回忆前世的呼吸
和你交汇盘旋的气流
在某一个朝代
我们相识

紫禁城的护城河
自明朝起
你将我守护在城池之内
夜夜　仰空而歌
那一世　泪水洗清了我的忠贞
与你在土壤中汇合
灵魂时而攀援
越过这森严
从不曾死去
我知道你一直在等我

友谊

我们一同行走
你是众人眼中的美男子
可是我的灵魂
总在俯视
我知道
是我倔强的高傲

我们一同行走
你甩去万望垂怜的祈祷
可是我的灵魂
仍在追逐
我知道
是尚未找到治愈的良药

你的表白
我回答不了
你的苦恼安慰不了
但我们一同行走
请允许我
始终对你微笑

前天给昨天的表白

为了昨天
向你抱歉
我说的太少
你也不曾追问
你知道为了那个不提及和那跳过
我对自己说了多少话
想了多少遍你也许或者的心情
又默念了多少遍请原谅

一件很小的事
不知道怎样开口
愿所有无关
不去沉淀
是的　你猜到了并不言语
但怎么面对时
比准备好的还要悲伤

八音盒

关于时间的礼物
你给了我最好的答案
美丽的记忆　童年的灿烂
昨天　昨天的昨天
旋转　旋转
步步走近
走近我们的相识
同行于流年

你说儿时若我们相遇
是不是就是青梅竹马金童玉女
而我总会悄悄地看你
而你　会记下总和我说话的男生的名字
你替我背书包
你会把妈妈的早餐分两半
我陪你翻墙
你跟着我去文具店

也许　也许我们从未相识
却早已刻骨铭心
也许　也许我们遇见　回头
错过　又错过　暗恋
总是看不清你的脸
夜晚的梦从不那么清晰

可我又倔强地确信
是的　远方你一定在那里

我也不知道
在这只久藏的八音盒里
怎么就想起你
看不清模样却言语
一个遥远而漂泊的你
一个被囚禁了一只脚一只手的你
一个隐约华丽的你
一个我不认识又似曾相识的自己

第三辑

轮回之梦

梧桐落

像一片永不再会凋零的落叶
泪水浸染在你的肩上
记不清那段回归的路途
是多么的忧伤
噢
我思想的恋人
在那样短暂的时光
如何永恒那幸福的辉芒
在距离中轻轻地来
离别时并不哀伤

迟到的致歉信

告诉一个残忍的事实
你早就很想知道
却又怕答案
我能用什么来安慰
难道不是安慰成忧伤?
或许多年以后
我会为你写一首诗
真挚的心　你却并不知道
只默默地读给你听
在诗的前面加上你的名字
心中或许
会泛起多年前的音乐
将所有的故事连成画面
等我想完这一遍
再把这诗读给我的三个孩子听

宽恕

活在愧疚中的人
总记得噩梦的颜色
在最熟悉的地方丢掉最美好的
可爱情
永远无法用"最"来形容
没有一个和另一个相同
所以退一万步
我死的时候
会轻轻说
我原谅了你
包括自己

我的远方

静静的
在我等候你归来的窗下
一只喜鹊衔着落日傲娇地走过
她看了我一眼
继续走
直到天边一抹温红隐去
时光老人般慈祥
没有风就没有年龄的痕迹
大树在冬日的剪影
如雕塑
一尊尊守卫着天空与土地的孩子
我情不自禁伸手出去
想摸摸
被冰凉凝结
在这思念的时刻
空气里散发着淡淡的焦糖味
煮沸了期待
我一点儿也找不到我自己

夕阳的表白

静静坐在白墙下
等待你
携我脚边轻踱之影
瑰丽转向最美

广袤浩瀚的繁星世界里
那么多美人儿围着
你只和我最近
又保持距离

多少人仰慕可人的月
你给她全部光亮
又是一个奇妙的巧合
你的个头与我望她的远近重合

我总在猜想呀
你的奇妙让多少人寻找又捉摸不定
一只小孔眼镜
无意间泄露了你所有变幻

徐徐远离
这丰富而短暂的契机
你温润泛紫的赤裸
微颤着不舍

噢　夕阳
我梦中的新娘
请不要悲泣
你让一瞬从时间的轨迹中挣脱

我已等不及
在这最美时刻
同样赤裸奔跑着越过赤道
迎接一个崭新的相遇

请笑一笑
你看　跨越过那看不见的山坡
我们重逢时
你始终是升起　喷薄

我已顾不得
把影留在对岸
贪恋每一次充满希望的恍惚
总在这最美的黄金分割

路程的判断

我在玻璃屋顶下坐了一整个下午
等候柿子坠落　啪的那一下
红色不是偶然　穿透
砸开　坚硬犀利的碴子
使我碎溅

于是天空沉于深海
我的浆液随同下沉
一片蓝一片红一片白
因为一切向下终为一片黑　开始
靠近核的神秘

房间总会给人以另一时空的错觉
束之高阁还觉得安稳
直至受外力贴在地面吃到土
俯于海面沉至洋底
才发现寒冷从来是不需预测的

事实上一切路径完全相反
而你终究知道真相却不敢回头
还是恐惧失去
死亡、诗与女人的高跟鞋
原本你要摆脱的重力

海鸥

雷声窗外滚过
月亮隐去
我冲出门在岸上
好茶要等
瞬间的强光也要

是决绝
林子里笔直的水杉断裂
错过电光火石
新鲜的伤口没有血
长出蘑菇

再一次到惊醒的地方
种植勇气
危机四伏的梦
关于爱恨
无所谓善恶

如今我在同一块礁石上
照耀云
照耀足
自省的怜爱雕琢岁月
涌动着初心

圣地一念

呼吸我
将所有枝叶展开
气息淹没
我根植于你的泥土向上　轻轻诉说
沿着清凉的小河向源头　或者下游
云朵都是一样的
你知道　我就是从这里
去往任何地方

呼吸我
在暗处明亮处
随时可见
我生长于你的混沌铺展　安详漂流
尘埃也不是　风也不是
四下无极　万物相同
你透过我抵达
我亦抵达　竟没有分别

我理解你和我
不用再言说的懂得

三人行

那年湖边
我们拾起自己换上新装的影子
旧梦在新梦里发酵
又在委婉中渐行渐远

我们或曾是同一个女子
哪个国都　哪个朝代
曾在同一棵菩提树下修行的
溪水　兰花　紫色的碎石

一个了了前世姻缘
一个涅槃
一个祈望观照来世瞬间
百年　千年

如今　我们在人间初识
许无缘记全苦寒的冷星清月
一同品茶　抚琴
书画中流连

寻着一个一个的气息
我们依稀留下同样的足迹
林间　风中　云上
在世人心间的回眸一笑

关于活或者关于死的问题

突然
我开始担心如果我老了
我爱的人如果老了
当身体支不起那颗热烈的心
该怎样去面对
持续的生活

对面的你　也想过么
请求你慷慨地将实情告诉我
昨夜我收到一封来信
说他走得太慢
看着自己无法抵达
是最漫长的忧伤

立正之歌

漂泊的感觉好么
要去了　终有一天
解下或者被脱掉缰绳制的丝绢衣裳
赤裸流浪

三十年将时间磨成一根粗砺的针
穿梭在肉体内缝缝补补
冷漠从来不是冰凉的
笑或者沉默

为了一个完整的自己
常常需要放弃五官的美妙
问者学者思者
剔除这无比绚烂的灰色而生活

夜晚与白日
光都从天空而来
真的不要走得太近
不要以对待动物的方式来对待人

是的　门和守门员都该换了
拿出金钱　时间拆掉一堵堵积郁的墙
甚至精神的生命
完成对善的虔诚

对此我从不感到陌生

总在寻找其他的自己
不止一个或两个
他们有时同时在周遭或者想象中出现
对此我从不感到陌生

如果都不在
我将去那些最广阔或者最边缘处
尝试孤独
对　不是我就是他们

因此常常不满
我无法包容和透彻地了解全部
那个驾驭住我却
不是我的自己

因此常常在路上
我以诱惑　巧言　对抗来学习
我于模糊　极端　黑暗中学习
从不陌生到熟悉

精神物流

曲折的通道
边缘盘旋
发射着各种符号
创造　接收　分析　判断
表达或沉默
心与头脑在急速的瞬间
粘合过滤

混乱地拼凑拆离
无限碰撞的极致聚合
偶然在绝对真理中
死亡　涅槃
再次死亡
破坏后独生的自我
膨胀　膨胀

辉煌　辉煌
又没落到最巨大的消失
无我　是他
一阵风　吹出
选择　放弃　生
等待
在一次新电流

迷藏（一）

想在镜子里抓住你
那个不认识的自己
相遇时
为何忽略对面的真我

不过是个像吧
把照见灵魂的精气吸着
是对你不满
却留给我的肢体更改琢磨

没有差别的皮囊
可为什么
看到你的光
比我眼中的更有锋芒

不过是个影吧
却听到你灵魂低吟的声响
按捺不住的
是我曾经的隐藏

我比你健全
可触的皮肤声音和味
见你羞愧
如何你的世界更透亮

想在镜子里抓住你
那个灵魂的自己
刚刚到身旁
你已抽身朝下一个方向

不想再遇见
理想国重逢的希望
在真切的世界
你的死亡让我无忧高尚

迷藏（二）

我为曾想过你的死亡
而忏悔

噢　镜中
我想抓住的那个你

平日里
你总在躲
不　是我追不上
你的高远或者你的深藏

我承认
是掩埋在体内的
妒忌的鬼火
雀跃着要将你灼伤

多少次
当我坚强的心迷惘
你总在此时走近我的虚弱
分享你的光

没有你
哪里而来的我走向你
请别错怪

我指的并不是父母爹娘

感恩
他们给我以肌肤
毛发
和思想成长的土壤

感恩
是你在生命中引领
有力量攀登险峰穿越沙漠
把甘甜的源泉品尝

我并不想做一个
为得到赞赏而崇高的人
我只想时常遇见你紧随你
一同成长

噢　镜中
我想抓住的那个你
你不会死亡
不能死亡

抑郁患者

梦没有抑郁
是诗人抑郁了

诗人是被胶带缠住嘴的狗
是被恐吓的孩子
是清早同一时间必须用同一声音嚎叫的闹钟
是美丽田园风花雪月的护肤品
是掩耳盗铃者无病呻吟者
是若无其事软绵绵的哑巴
是精神贵族的一袋细软
是蒜皮堆砌的一地鸡毛
诗人不再是诗人
诗人是不是诗人的我

诗人是公平正义的一把剑
尽管平日被珍藏
是太阳光芒哺育的孩子
天真乐观有时问一针见血的问题
是一汪明镜的湖泊
看得见自己也照见他人
是包罗万象的天空
体内蕴含着自然赋予的风雨雷电
是海燕是夜莺
是地震前群起而飞承担恶名的乌鸦

是一滩危难时立正的散漫
是一个抵御不住食色的穷光蛋
也许我不是诗人
但至少是一个没有四肢仍饱有声音的朗读者

轮回之梦

如何离火焰那样近
熔岩飞溅在身上变得冰冷
我知道
我是一个死者
当我继续老去
干瘪的皮肤会记得
当年逐渐消失的温度
苏醒
苏醒
灵魂在飞出后得以附着
得以相遇复活
栖落在古塔的角落
群鸽遮天飞过时
喇嘛的号角从东方之巅升起
躯体渐次微息　喘气
混沌中经轮转动
沙丘流响
曾到过的极乐世界炫目至极
一只无形温暖的手
遵循号角之声送来生命之种
极其平静的愉悦
让我真正看到了死亡后的星空
星空后无限的空无
仿佛是一阵风

将我填埋在荣耀的黑色中
拨开土
在一座岩石的城中
复活

活着的形式

魔方世界

走进一扇门
走出一扇门
光线改变了世界的角度
我看到自己进门时的样子

彼时一个喇嘛到边上念经
说他是四川来的活佛
我捧着一本诗集
观望了万物　继续专注

正如我用黑色的
笔在黑色的纸上写诗
没有可被覆盖掉的
亦无可覆盖

你听那风中的光影拂过纸面
在人流中诉说
众人过往
都是在原地上纠缠盘旋

树的远方是苍鹰
觊觎一只阳光下的白鸽
高傲凶残
独到而受推崇

谁看得到自己的另一面
谁就拥有金袍与取之不尽的血液
对杀死了你的朋友笑吧
因你将在下一个春天复活

鬼魅

你应该从我的身边离去
这里没有尘埃
也落不住空气

有时候我喜欢窒息
死亡活脱脱的在你手中假寐
你的世间伸缩自如

儿时起便知道
第三只眼睛的特长
所以我的周围允许有很多你

在我的世界穿梭
看到三个世界以及九个天空
你知道伟大的渺小

有时候我挽留你
甚至呼唤你
但自由也有时候不为意志所转移

就像真空中谈论爱情和食物
无限超越了界限
有时怎样都不复存在

你应该从我的身边离去
找一袭衣冠成为诗人的灵魂之一

似曾

常常突兀地被夹在一页纸里
上面写满了方块字
一场虚拟的发言带来不同的组合
我因此变幻着皮肤的颜色
毛发的长度
语言以及音调

是一百个自己
加上我是第一百零一个
不规则地分布在各个角度
你死我活地歌唱
英雄
怎能不孤独

种种可能
正是重复创造着细节
觉得一切新鲜
实际是幻化正坠入回忆的眼睛
要勇敢并小心
进入潜伏蔓延的幸福与痛

黑暗并不完全可恶

又一次醒了
可我从不失眠
这次　因为是白日梦
不能再继续假装下去了
无处不是白色冰冷的苍茫
我感到夜的珍贵

角铁沉重而犀利地伤过我的眉梢
浅色的血凝成锈
什么气味也没有留下
活生生的在白天才知道惧怕
时间爬过月夜
把恐慌精心包扎

黑夜放下人类的视觉行走
漫长而艰辛
我们在其中如饥似渴地安睡
沉淀　积蓄
又在自己的表皮上爆发
混淆每个单纯的颜色

也许你会好奇
是我好奇　哪一个才是真正的自己
习惯了去接受陌生人的人

连自己也陌生了
偶然间被孤独狠戳
没有征兆地一针见血

不　是血流成河
当开始怀疑的时候便从此站在了边缘
有人说：我很好
有人看不下去捞一把却推了下去
贼喊捉贼的年代啊
在沉默者的足下爬行

漫漫中等待
有满天的明星说另一个远方有寂静
我们是爱人旁真正的自己
每个细微处
轰轰烈烈地燃烧真实
关于世界的故事就更有人味儿了

活着的形式

如何缓解这疼痛
身体与精神
这两者往往在关键时刻纠缠
如孪生兄弟为一件宝物的争执或者武力

我要将灵魂抽离
旁观这场无畏的战斗
谁也无法取得
无尚追逐光明的强大的心

尽管勇气不是征服的全部
我宁愿不再回归
从此永久地分离漂泊
也不能懦弱地屈服哪怕一点点妥协

不要细问
也不用猜测
在这场残酷的梦里
是我自己要了自己的性命

王子的真童话

一只望天的小青蛙
静静地坐在井底
他在等待
时间的磨砺　长大
觅食　睡眠　锻炼
路过的人也许都在嘲笑
他以及他天空的渺小
他自己也只是微笑

他自己知道
有一种高贵的精神
亲爱的　自由！
明天的意义
是希望
他比谁都知道世界的广阔
有无限的好奇
无边无际的想象

如果你不经意遇到
如果不愿去向他问好
请只是路过
不要重复现在的黑暗
不要悲叹遥远
一个正在热情等待的生命
年轻的生命
在卑微处燃烧

引路人

意识单独行走
众人的双足路过眼睛
我穿着草鞋
原本还想捕鱼呢

闪烁的心扑朔迷离
旷世中颠沛
身体一直岿然坐在那里
走过多少灰色的矮人

学习沉重中的微笑
那么自然地
一些人对着天空
一些对着海

深海里没有日夜
想生存就需要世代训练眼睛
要么看见黑暗里的不同
或者索性照亮

潜入海底
攀越万千年前峻傲的山巅
莫可名状的自由
究竟来自无限的足下还是天空

在这样的梦中醒来
我相信那个教我各种语言的人
孩子
尽可能去无限地阅读

晴天中的一道虹

——致我的朋友李书瀚

这个秋天
我收到了春天送来的礼物
洋溢着快乐
我感到无比幸福

想告诉每个人
小朋友和泰戈尔的对话那么接近
聆听　聆听
孩子送来的福音

舍不得打开
一只精致妆点的盒子
动物　水果　图画
隽秀的文迹

里面藏着一个秘密
一颗可以打开的夹心石
亮闪闪的水晶
印度的空气

还有呢!
是先知捎来的一句话
你一直跋涉寻找的

就在你的内里

感谢你！我可爱的朋友
来年春天
将你的和你喜欢的诗词
我们手牵手　且行且吟

耶耶耶

这世界是你找到的
捧给我
天真的乐园
永不厌倦
我背起它跳上科幻的行舟
新鲜而欢喜

大人说我是孩子
孩子说朋友
猫觉得是猫
鸟觉得我就是鸟
的确　我并不是我自己
一个世界化了　更大的一个来了

如何是好
动词抢了形容词的位置
没有再合适的了
我只是一个劲儿地笑
香水诱惑了
你的头脑　对不对

硕大的兔子
骑着像一匹骏马
憨憨睡去还是一个劲儿笑

摘到一朵白云送去嘴边
太阳出来了闭上眼就是月亮

我爱这丰富的世界
你找到的
关于我的大美梦

星星谣

轻轻的　淡淡的
今天　月亮想为你唱首歌
生日快乐

隐隐的　默默的
泪水恍然涌起在心窝
相识早已错过

第一次我看到
你的面庞你的笑
还有黄河边你的家　你的门前

留下的只有美丽
两张黑白照片
是我关于你所有所有的记忆

小星星　今天月亮一定
要为你歌唱　生日快乐
悠悠的　暖暖的

我愿用我的青春和以后的青春
为你永远将到的十八岁歌唱
愿你灵魂安详

——纪念友人朋友小星星，至今两人一生三次见面，第三
次是在墓地，六一是她的生日，女孩因白血病去世，不满
十八岁。

回响

我贪爱停留在动物的年龄
不以世界判断世界
一切是新的
想象也都是新的
那些欢乐的知足的原始的
欲望

我以为一直会那样以为
直到接起奶奶留下的瓷枕
直到与男人相爱又分开
直到面对自己
直到不得不去割那门边的杂草
直到发现太阳下藏在深处的金南瓜

若溪

放下烧开的一壶水奔跑
河水说自己冻僵了
身体太重
想洗个热水澡再回天上的家

风夺走孩子什么都不说
河水走了很远很远的路又回来
对石山上唯一的老树说
那也是爱

这千年的一趟　当归来
他说酷日的温暖寒天的清醒
说四季不同的美妙
说不要再问那么多为什么和怎么办

流淌
就只是流淌

盲歌者

你们的世界在声音中
洁白的地方
到处充满了天然的欢乐

你们的世界在空中
辽远的地方
到处是关于未来坚定的理想

你们的世界在手中
真实的地方
就要触手可及

你们的世界在脚下
走过的地方
是生命中不可错过的路途

我看到灵魂初开永不凋谢的圣花
晶莹到透明
甚至不需要看见

我听到仙子手中点向你们的金棒
轻轻一下　漫山回响
还有人间不知因何坠落的泪光

你们的世界和我们相同
可我们总在寻找　并且
很多人　找不到

你们的世界和我们相同
可我们很多人看不到真正的自己
只是疯狂　奔跑

你的声音会说话

——送给所有的盲人朋友

黑暗是黑发中的一根银丝
鲜明却不畏惧
你用声音
给我一双比以往更明亮的眼睛

我们同是爱神的宠儿
用心灵感知生命
我们懂得气息曼妙的滋味
感恩被赐予的所有想象

我们在一起
一个台上　一个台下
有一种仰望的力量穿越
燃起未来美丽的向往

请用你的手摸摸我的脸
我的眼角有笑纹
用你的手握紧我的手
说话的是温度和轻微的颤抖

我们一同在这个世界行走
用一生追求爱与宁静

我们从不相识
我们一见如故

——2013 年 12 月 7 日观助盲机构"红丹丹文化"盲人朗
读剧《塞纳河少女的面膜》有感，希望更多的人关注和帮
助视障人士，并致敬所有敢于走出障碍的朋友。

告别

——致格雷高利奥

像一只受了伤的刺猬
忘却自己的美丽
冷冷地蜷缩
世界消失在对过往的幻想中
停顿在流年的边缘
她的他走了
生命就这样悲泣地转身而去
从此黑白无样

那曾是一颗被太阳之子怜爱的心啊
炙热　喷薄
而此刻
如同她的身体一样透彻冰凉
那曾是世界上唯一为爱绽放的生命
高傲　激荡
而此刻
如同失忆的青春在春天里枯亡

噢　我的孩子
请告诉我
如何能让过去一无所有
独自坠入没有过往的过往
噢　我的孩子

太怕看到你的眼睛
你的眼中有影
有一片生长万年的森林

像一把断了弦的竖琴
锈迹斑斑
空无音色
时间转念串起离合悲欢
袅袅低吟如泣如歌
她的他走了
轻轻抖动背上秋雨后的寒霜
永不复生　永不再见

——2013年2月24晚繁星戏剧2剧场, 首演【楼梯的故事】,
饰演赫内罗萨一角（一个55岁的可怜女人）。此诗为二
幕丈夫去世, 痛哭后有感, 特为纪念。

默剧大师

  ——记法国默剧《乔尼的小推车》

一件白衫
一张白色油彩的面
一头随意蓬松的银发
一个孤独的诗人
红色胭脂点染的唇
华丽而静默

他的眼神在忧郁的蓝光下闪烁
落下的汗珠照见内心
那么静　此刻
我离他那么近
追随着
每一点细腻的松紧

他是笑着的
偶然发现自己流泪了
泪水在他眼里
心起伏
让我无法等待　消磨
那猛然随他袭来的孤独

瞬时他成了孩子
幽默地讲述着童年
我竟笑出声来
像剧场中的演员
他什么也没说
我感到了

婆娑漂流

—— 记孟买佳耶师利音乐会

构建一种新的思维
解构声音　情绪　与肢体起伏
那是异语与神明的对话
我们不懂前后
他们串起流动的当下　成就历史

远远近近
急速超越于艳丽的服饰
在一种特别的频率中施展
乐器　在符号的延长线上
旺盛地生出繁英

在通往欢乐的路途上
速度求证了节奏后的宁静
一切就此产生
消亡　来来去去
本是如此

青春之思

——记陈宏宽独奏音乐会之《肖邦夜曲两首》

人生就是一朵云
飘的飘了　走的走了
这黑白的琴键
让我想起面馆孩子的话
也倾诉出青春
或是一首可以唤回的歌

内敛的狂野
精致的奔放
一切从华丽的金框外走进自然
曾经对着金色的光呐喊
表达对这林间
每一片叶的爱意

衔着爱意的光芒
正攀越着逆流而上
偶然间扬起的甘甜溅花你迷恋的双眼
留不住的　留不住的
便乖乖地听从吧
他的指尖

行云流水的指间
不经意碰到了你的青春和迷离

一切的悸动　翻腾着
游历在庞大的你的宇宙
均匀的呼吸
渐入佳境

再次走近青涩的秘密
依旧好奇而胆怯
那样一个粉红世界
曾让你　多少夜不眠
而再次回眸
多么希望当初有一场探险

失落中你常常震怒
或对休憩报以急切的混沌
越清晰迷失
越恐惧此刻的落魄
来不及了　来不及了
错过死亡的边缘　还会死亡

说结束就结束了吗
这梦一般的
青春

不可言说

——记陶身体剧场《数位系列》

你的头颅沉默下去
意志高昂
肢体行云流水酣畅淋漓
一言不发

拿起笔提问
问题就注定无解
试图用文字以及声音
探讨自身的局限

远不及肢体来得巧妙
洞见的身躯步履
何止美
巨大的可能冲撞时间

我熟悉你的身体
以及气息
但都不同　每天每天
因此你是新的

语言捕捉不住
词就是词　句就是句
那么多细微的千差万别
你的肢体我的眼

我为你押韵

——记话剧《我为你押韵——情歌》

写一首怎样的情歌
表达三个字
你说爱情和生命一样
如果找不到韵脚是会死的

被一个经历相仿的人叫醒
很意外
你说彻底沉默以前只想着沉默
时间只是时间自己的

我也死过
湖水照着的影子仿佛是我
又仿佛你一直在我的时间中游泳
我在岸边晒太阳

我喜欢在你说真话以前打断
你不说话时我一直说
是的　就这样总是错过
直到我们同时找不到韵脚同时语塞

你终于知道我是谁
我们都放下自己
从此约定无论明天天气怎样
都在日出之前说早安

戏里戏外

——记话剧《楼梯的故事》

迟迟望着
那烟花燃尽的夜空
星光早已被遮挡
你手中拿着别人的玫瑰
和我
平行着擦肩而过
我只能像风一样疾走
再拼命剪短留下的千丝万缕
又如何
拾起那坠去的零落
心的距离
你和我
那么近那么近
那么远
那么远
你是我戏中未曾错过的爱人
但戏不是人生
不如人生

图书在版编目（CIP）数据

吻过月亮／紫石著．—北京：中国青年出版社，
2016.9

（差别诗丛）

ISBN 978-7-5153-4482-9

Ⅰ．①吻… Ⅱ．①紫… Ⅲ．①诗集—中国—当代

Ⅳ．① I227

中国版本图书馆 CIP 数据核字（2016）第 221496 号

丛书策划：王原君

责任编辑：彭明榜

书籍设计：胡力求　林业

中国青年出版社 出版 发行

社址：北京东四 12 条 21 号

邮政编码：100708

网址：www.cyp.com.cn

编辑部电话：（010）57350506

门市部电话：（010）57350370

北京科信印刷有限公司印刷　新华书店经销

889mm×1194mm　1 ／ 32　5.25 印张　108 千字

2016 年 9 月北京第 1 版　2016 年 9 月北京第 1 次印刷

定价：25.00 元

本书如有印装质量问题，请凭购书发票与质检部联系调换

联系电话：（010）57350377